하늘은 햇살과 구름과 바람을 낳았다

박치준 시집

시인의 말

어느 날 삶이 무너져 버렸습니다.

내 옆에 있던 사랑하는 아내가 대학병원에서 6개월 동안 힘겨운 투병 중 퇴원을 바라보고 있었을 때, 어느 날 이후 갑자기 3일 만에 하늘로 떠났습니다.

사랑하는 아내가 떠난 이후부터 다가오는 하루하루가 숨을 쉴 수 없었고 고통과 울분과 슬픔이 시작되었고 날마다 지옥이 다가오는 것 같았으며 살아갈 의미도 잃어버렸습니다. 어느 날은 바람에 눈물을, 어떤 날은 내리는 비에 전신을 적시며 무수한 날을 딸과 함께 견디기, 버티기를 하며 아프고 또 아파하며 사랑하는 아내를 떠올렸습니다.

남기고 간 "잘 살아!" 한마디....

아내와 소통하고 싶어 딸의 권유로 쓰기 시작한 시는 나에겐 공기가 되었고 심장도 되어주었습니다. 더불어, 매일 마주하는 하늘과 햇살과 구름과 바람은 친구가 되었습니다.

매일 마주하는 삶의 시간은 사막과도 같고 보이지 않는 삶의 시간의 경계에 서 있습니다. 하루하루 마주하는 시간을 견디고 버티며 5년이 흘렀습니다.

사랑하는 사람을 보내고 아파하고 슬퍼하며 살아가는 모든 분과 함께 이 시집을 나누고 싶습니다.

이제는 다가오는 삶의 시간이 웃음으로 시작하여 즐거움과 기쁨이 되고 행복이 되어 평화가 흐르기를....

2023년 10월 어느 날

차례

1부 하늘은 맑고 높기만

2부 구름과 바람이 밀려오면

3부 슬픔이 바닥이 나면

4부 햇살이 내려와

5부 산다는 것

1부

하늘은 맑고 높기만

그 자리

봄 햇살
말없이 마련해 놓은 그 자리

새싹이 돋아나고 사계절이 지나도
안부를 주고받고
들떠있던 그 자리

돈으로 살 수 없는
우리들 삶의 기록이
하나둘 쌓여있는 그 자리

행복하던 하루를 밀물로 깨버릴 때
삶이 우리를 우울한 길로 안내할 때

그래, 그래 우리 서로
글썽이고 다독이며
변함없이 버팀목이 되어준 그 자리
어제도 삶을 이어왔던 그 자리

지금, 없어지고 있습니다.

꽃비

날고 싶지 않아
온몸으로 버티었지만
한낱 몸부림에 지나지 않았다

죽고 싶지 않아
두 팔을 벌려 버티었지만
한낱 바람에 이내 떨어져 버렸다

희망을 보았다
찬란한 기쁨을 주고 싶어
화려한 춤사위를 보여주었다

사랑을 주었다
사랑에 시름하는 가슴들에게
꽃비로 감싸 안아 주었다.

Love

사랑은
말을 하지 않습니다

심장은
말을 합니다

귀 기울여 보세요
들어보세요
맡아보세요
보이나요
만져보세요

그대의 사랑 언어
따뜻하고
뜨겁고
차오르며
뛰는 소리를

지금, 특별한가요?

감사의 하루

하늘빛이 숲을 뚫고 내리면
묻혀 있던 생명이 보듬어 솟아나고
얼어버렸던 심장이 요동친다

하루 시작을 감사하며
망설임과 설렘에 당신 모습 챙기며
바람과 소리와 향기에 당신과
샤워를 한다

나는 지금 당신이 살고 있는 그곳을
천리만리 영겁을 달려가
내 타오르는 태양을 꺼내어
그대에게 전하니

당신은 오늘도 나에게 감사하다며
나를 품에 꼭 안아준다.

하루하루

1. 똑똑 누가 찾아왔다.

   벌떡 자리에서 일어나 문을 열었다.
   아무도 없었다.
   누굴까? 나를 불러낸 사람이

2. 바람이 말을 걸어왔다.

   손꼽아 기다린 당신 소식을
   하염없이 잘 지켜보고 있노라고
   절절히 흐르는 당신 마음이
   태풍이 되어 돌아오고 있다는 것이

3. 기쁘고 즐거운 시간이다.

   지금처럼 달리는 열차의 목적지가
   멈추는 시간을 모르는 것이

   당신을 사랑하는 이유가
   하루하루 살아가는 의미를 만드는 것이.

살다 보면 이유 없이

1. 아름다운 꽃을 보았다
   시간이 물었다 누구냐고?
   삶을 같이할 사랑이라 말했다.

2. 웃음이 저절로 나왔다
   당신이 왜! 웃냐고 물었다
   당신이 있어 웃음을 지을 수 있다 했다.

3. 눈물이 하염없이 흘렀다
   바람이 물었다 왜! 우냐고?
   당신이 함께 없어 울고 있다 했다.

살다 보면 이유 없이
묻고 말할 때도 있음을.

가을

태양이 머리를 감는 오후
둘레에 드리워진 노을은
붉게 피어오르는 태양 빛에
구름이 타들어 가는
가녀린 노란 촛불이 되었다

이내 서서히
밀쳐져 가는 노을
그 모습에
맘을 주고 말았다

잡으려는 순간
사라져
떠올려 보니
아른거릴 뿐.

아름다운 나날들

오늘 문득 걸어가는 길에
발길을 멈추었습니다.

당신 생각에 새벽 공기를
한 모금 마시고
당신 미소를 마주할 수 있다는
생각에 전신이 반기었습니다.

하루하루 마주하는 시간 속에
불러보고 또 불러보고
보고픈 마음에
이 몸에 힘을 내어 봅니다.

오늘도 간절함에 태양과 별들에
그리움과 보고픔을 묻어놓고
달콤하고 아름다운 나날을 꺼내어
가슴에 펼쳐보고 되뇌어 봅니다.

언제나 당신이 있어
가장 행복했다는 것을.

어느 날

두꺼운 외투가
불편하게 느껴지는 어느 오후

문득 두 손을 마주하여 거닐며
달콤한 꽈배기 한입 물고
당신의 다정스러운 눈 웃음소리
허리에 손을 감아 당겨보며

마냥 좋아 가슴 속
콩닥…콩닥—콩닥—쿵—쿵…쿵
두근거리던 어느 날

더욱, 좋았습니다.

아침 기상

어김없이
눈꺼풀이 강제로 잡아 당겨졌다.

목적도 없다
계획도 없다
매일 반복되는 것임에도 아직
이유를 찾지 못했다.

무슨 이유일까
수없이 다가왔음에도
어리석은 것일까

어린아이도 알아차리는 것임에도
평생 풀 수 없는 숙제를 받은 느낌이다.

눈이 떠 있는 세상

꽃향기에 숨을 쉴 것 같아
하늘 향해 코를 가까이했다
살 것 같다
삶의 선물이다.

햇볕이 좋아 하늘에
사다리를 세워 놓아 볼까
튼튼하게 만들어 올라가 볼까
언젠가 내게도 당신의 선물이 되면 좋겠다.

눈이 떠 있는 세상은
다양하고 욕심이 많다
잡을 수 있는 것에는 그냥 놔두고
잡을 수 없는 것에만 힘을 더한다.

늘 그러하지 말아야 한다는 것을
알기 전에는 귀를 막는다.

낙화

기왓장 사이로
피멍이 녹아 흐른다

오랜 비바람을
한평생 견디고 견뎠나

빛바랜 햇살도
이처럼 멍이 들었나.

여름밤

뜨거운 밤에 머리를 꼼꼼히
적시며 감았다

하얀 새치도
검은 머리카락도
온통 검게
열심히 염색되었다.

내일 밤에는
달빛으로

그다음 날엔
별빛으로

머리카락을 감아야겠다.

누군가의 마음은 발이 없다

누군가의 손길에
조금씩
가득 채워지는 공기
꿈틀대며 부풀어 오르는
따스한 숨결이 흐른다.

누군가 창문을 사이에 두고
손을 내밀며
슬며시 찾아온 햇살
남아있는 작은 틈으로
마음을 얹어본다.

봄꽃 내리다

어느 날
하늘에서 분수처럼
꽃비가 내렸다

기쁜 소식을 전하려 함인가?
즐거움을 함께하려는 것일까?

숨을 멈추게 하는
봄 햇살이
해를 먹고
미세하고 꿈틀거리는 흔들림

이 느낌 무엇일까?

어디야

기다려도
기다려도 오지 않아
고개를 내밀어 봤어

봄이면
만날 것 같다고
일찍 전해준 바람

연락이 없다

여름이 다가오는지
몸이 뜨거운데
언제 안을 수 있지
어디까지 왔을까.

잠을 자다

두 눈에
눈꺼풀이 자석이 되었다

점점 서로의
간격을 좁혀가며

오늘도 눈은
잠시
"휴식 중"
푯말을 적는다

안녕
꿈나라 출발.

비 오는 날

그대로 있어 봐
가만히

눈 뜨지 말고
그대로 귀 기울여 봐
무엇일까?
바람 소리일까?

들어봐
마음소리
숨소리
향기 소리

그리고
잘 익는 사랑 소리

비 오는 날.

다가오는 겨울

함박눈이 천장에서 내리는
창문 너머

지나던 슈퍼 앞
눈이 지난날로 움직였다

저녁에 아버지는 군고구마를
어머니는 고등어에 호빵을
난 퇴근길에 아내 위해
군밤을 사 왔었다

알 수 없이 다가오는 겨울
따뜻한 생각에 무사히
새해까지 마주할 수 있을까

밤이 다가오는 소리

1. 밤이 다가오는 소리에
   달을 두고 그
   너머에 무수한 별을 두었다

2. 밤이 다가오는 소리에
   아름답다 부르는 그
   말은 너무 가벼운 언어였다

3. 밤이 다가오는 소리에
   아무도 밧줄을 그
   아래 함께 나누지 않았다

4. 밤이 다가오는 소리에
   달콤한 숨결은
   소리도 없이 그
   눈빛을 지우듯 조용해졌다

5. 밤이 다가오는 소리에
   살아 있는 그
   누구도 튀어나오지 않았다
   그리고 사라졌다
   우리는

어디에 두고 온 줄도 모르고

가고 싶은 곳은 갈 수 없는 곳이 되어 버렸다
언제 당신과 이곳에서
마주할 수 있을지 몰라
매일 먼저 이곳에 도착해 본다

얼굴로 안개를 자르며
사방을 둘러보아도 여기가 어디인지
가끔
나도 모를 때가 있는 아침

숨을 곳을 잃어버린 어둠은
나무 사이에 걸쳐진 잎에 기대어 늘어진다
하얀 안개를 보고
쉴 새 없이 지나가는 매 순간에서
당신과 가장 가까운 곳에 돌아와
예쁜 꽃과 술 한 잔을 부어놓는다

이제
당신과 가장 먼 곳을 따라왔던 길
잡아당기며
걸어가야 하는 나는
언제나 영원한 사랑을

하늘과 땅 사이에 그려놓고

당신 얼굴처럼

떠 있는 순간들을 바라본다.

주렁주렁

오늘 커피를 한잔 마실 때
입을 통해 나간 말은
말에 말이 더해지고
말은 보이지 않는 발이 생기고
날개가 달리고 그 말에
말이 감당하지 못한다.

말은 흘러가는 바람처럼
때로는 방향과 목적을 정하지 않고
쏜살같이 귀를 통하고
입을 통하고 또는
눈을 통해
누가 주인인지 모르며
아무도 모르게 잊혀져 간다.

침묵의 시간도
태양이 뿌리는 날에도
바람 한 점 없는 사막을 지나
설산 얼음을 뚫고 지나며
눈 덮인 히말라야산맥을 오르고 내리며
아침을 통과하여 저녁에 다다르고 다시
바람에 등을 밀려

파도와 꽃들을 지나가기도 한다.

말은 봄· 여름· 가을· 겨울— 아랑곳하지 않고
씨앗에서 수확까지 결과를
장담하지 못하며
책임지려 하지 않는다.

아침마다

아침마다 커튼을 당기면
멀리서 나무가 울고
당신 얼굴이 울고

잘 보이지 않는 거리에
바람이 움직이고
구별할 수 없는 목소리가
그림자 안에서 튀어나온다

햇살을 좋아한 아침
도무지 알 수 없는 외로움에
남이 흉내 낼 수 없는 슬픔을
커튼 속에 숨겨 놓고 아침을 바라본다

꿈을 꾼다
어둠 속에 갇혀 있는 빛에
다가가면서.

사이

이내 벌어졌습니다.

누가 먼저 벌려놓았는지 알 수 없어
하루를 지내고 또
하루를 지내고
그 하루에 더 하루를 더했습니다.

봄내 봄비가
바닥을 갈라놓더니
여름은 뜨거운 숨통을 더해
달력을 잡아당겨
텅 빈 하늘을
만들어 버렸습니다

어디서부터 어디까지
마음에 달렸습니다

무엇보다 더한

눈이 바라보는 사랑보다
가슴이 사랑하는 것이 뜨겁다

우연히 스치는 여인의 향수보다
볼 수 없는 아내의 체취가 심장을 울린다

버스 안에서 부딪힌 무릎의 통증보다
손톱에 갇혀 있는 살점의 통증이 긴박하다

하루하루 줄어드는 가난한 목구멍보다
마주하는 상처가 깊어진다

스스로 기어 나오는 슬픔보다
갑자기 터져 나오는
기쁨의 눈물을 막을 수 없다

살아가는 동안

물질 속 감정에서
시간에서
삶에서.

하늘 문이 열리고

새벽부터 창문을
요란하게 두드리는 봄비
어제 온몸이 쑤시더니
하늘 문이 열리고

반가운 소식이
언제 도착하는지
창문을 여닫고를 반복한다

바람도 스르륵 내 뺨을 스치고
어디론지 가버리고
하늘에 당신 소식에
배가 고픕니다.

꿈나라

허공을 발로 걷어찼다
맞지 않았다
제대로 맞은 것 같은데

생각이 나지 않는다
머리에는 생생한데
깨어서도
깨어나지 못한다

오늘 밤엔
아무 일이 없었으면 하다

감으면 펼쳐지는 세계
아는 사람
모르는 사람
생각이 이어지지 않는 곳
오늘도 이곳에 있었다.

소나기

햇살이 내리는 오전
나를 위해 내리는 따스한 온도
소리 없는 소나기가
눈에서 넘쳐 나왔다

매일 하늘에 매달려
지금 내리는 빗물을 멈춰달라며
애원해 보지만
빈 마음을 채울 햇살만이
물끄러미 쳐다본다.

광부(시인)

삶의 어둠 속
숨은 보석 언어를 캔다

거미줄 같은
삶과 죽음의 빈틈까지

누구도
대신할 수 없는

삶의 공기
지금 여기에

강물은 어디에

저녁보다 아침을 먼저 시작한 날에
아무도 찾지 않는 강에 다가섰다
강은 바닥과 한 몸이 되어
남아 있는 물은 어디로 떠나버렸는지
고독한 햇빛만이 반기고 있었다

한때는 유일한 바다로 가는 물이 넘쳐나고
부지런한 물고기는 강물을 벗 삼아 춤을 추었고
물새는 하늘과 강을 번갈아 노래를 불렀을 것이다

그리운 강물은
깊이깊이 바닥이 갈라져도
구겨진 얼굴과 야윈 가슴만 드러내고

소리 없이 시작된 하루하루 사연을 더한다

비로소 이곳으로 오는 강의 물길이
돌아온다는 소식을 듣게 된다면
자라나는 나무들과 별빛들이
벌써 축제의 낮과 밤이 되어주길.

사랑

언제부터 시작되었을까

시작은 쉽지 않아서
얼굴 한번 보려고 고개를 들었어. 그러나
두 눈을 뜨고도 선글라스 쓴 것처럼
쳐다볼 수 없었어. 앞도 보이지도 않았어
숨도 쉴 수 없어서
숨이 막히고 또 막히고
심장이 폭주 기관차처럼 끝을 모르고
위로 하늘로 치솟아서
그렇게 제대로 쉴 수가 없었지

낮과 밤이 얼마나 지나갔는지 모르겠어
계절도 몇 번이 바뀌고 고드름도 녹아내리고
강이 바다로 하늘로 바뀌었는지 모르겠어

손과 발이 시리고 꽁꽁 얼어도
솜털은 안테나가 되었고 심장은 멈출 수 없었지!
그러다 서로 눈이 마주쳤지
온몸이 정지되고 맥박은 아랑곳하지 않고 뛰어올랐어
터지는 줄 알았어
그렇게 시작되었어.

중력

낙엽에 물든
그대의 마음
펑―펑―

하나
둘, 셋...

늘어난 무게에
바람에

툭―

내 어깨에 앉았다.

대신할 수 없는 것(사랑)

뜨겁다

점점 빠져드는 소용돌이 속

물어볼까.
불규칙하게 점점 커지고
빨라지고

깊어져 가는 사람의 마음
숨이 막혀버린 것 같아
어떡하지

이럴 때
혼자 있어도 외롭지 않아
고백할까

빛보다 빠른
이 무엇.

2부

구름과 바람이
밀려오면

봄 + 사랑

마음이 창문을 연다
그리움이 바람처럼 마음을 흔들어
당신을 향해
맨발로 나섰지만
두발은 얼음이 되어 버렸습니다.

봄은 시간을 정오로 옮긴다
사랑도 보석처럼
반짝이는 구름에
태양의 자국을 따라
하루를 태워주었지만
쉴 새 없는 눈물을 달랠 수 없습니다.

하루가 빛 등을 돌리면
하늘은 가슴을 붉게 물들이고
날마다 시간이 스며드는 날
슬픔이 울고 기쁨이 흘러도
다시 만날 때까지 서로 두근거리며.

삶의 이유

우리는
간혹 사막에서 물을 찾아가듯이
조금씩 삶을 다가감에 있어

죽느냐
사느냐
명제보다는

내가 현재 있는 모습대로
하루가 선물처럼
살아 있다는 것을 느끼고

지금
너와 내가 우주에서
주체할 수 없이
아름답게 사랑하며
비로소 빛나게 머물고
견디고 버티면서
살아가는 것이 아닐까?

소원

어느 아침 문득 소원 하나가 있어
마음을 고이고이 적어 놓는 시간
삶의 자락에 끼워 놓았다

마음은 참 오묘하고 신비함에
언제나 감탄하고 부러워하는 존재
· 창가에 비친 그대에게 부친다

오늘 하늘비가 오는 날엔
따스한 그대의 온기를 마주하고
은은한 향기에 스며드는 그대 숨결

언제부터인지 모르는 비의 향연
나의 삶의 끝자락을 부여잡고
온몸으로 전해지는 그대의 온기
그대를 향한 큰 심장 박동

향기로운 그대의 입김에
전신으로 스며드는 사랑의 온기
그대의 두 눈에 사랑의 입맞춤
마냥 기뻐할 그대에게 부친다.

밤의 소리

메아리가 들려 문을 열었다.
보이는 것은 공기의 흐름
귀를 뒤흔드는 삑—삑-삑-
이어지는 날카로운 마찰 소리

찡그린 이마에 흐르는 시냇물
살결과 솜털로 전해지는 소리
즐겁게 움직이는 회전목마 앉아
다가오는 신선한 공기를 호흡한다.

여지없이 고요함을 깨는 알람 소리
아침이다.

구름다리

하늘을 보고 있노라면
하얗게 뚫릴 때가 있다

문득 내가 올라앉아 내려다보는
사람들 움직이는 모습
즐거움과 호기심을 불러낸다.

구름과 구름 사이에 다리를 놓고
마음껏 달려가며
내 몸을 맡겨보면
새로운 결정이 되어주지 않을까?

구름과 땅을 이어 놓는다면
사랑하는 흔적의 자락도
살아가는 시간의 이유도
억만 겹을 아름답게 만들어 갈 텐데

전율이 흐르듯 파도가 밀려온다.

먼지

잔잔한 햇살이 창 사이로
얼굴을 내밀었다

내 마음을 대신하려
하는 듯 오색찬란하다.

오늘은 마음의 먼지를
투영하여 버리자 한다.

언제부터인가 내 마음을
보고 있었을까 두렵다.

마음을 들켜버린 현실이
마침내 먼지를 버린 지금이

하루하루
남아 있는 존재다.

언제나 예전처럼

갑자기
당신 생각이 나서
통화버튼을 눌러보았지

낯선 목소리
당신이 아니어서
핸드폰을 떨어뜨렸어

언제나 예전처럼
당신 목소리를 마주하고 싶어
통화버튼을 누를지도 몰라요

언젠가 하늘로 개통될 때까지
당신 목소리를 주고받을 때까지
언제나 예전처럼.

네잎클로버

태초부터 네 잎이었다.

어느 날 한 잎이 먼 길을 가니
욕망은 사라지고
편한 삶이 되지만
별 볼 일 없는 존재가 되었다.

우리는 목숨을 다해
365일 넘어 낮과 밤을 지켜냈고
치열한 삶의 전쟁이 시작되었지만
행운의 존재가 되었다.

나는 잠을 잘 수 없다.
살기 위해서
욕망을 지키기 위해서

오늘, 경계가 바뀐다면
편한 삶을 살 수 있을까?

삶의 경계에서

햇살이 가득 찬 일요일 오후
은은하게 울리는 노래를 들으며 길을 걸었다
하늘에서 장대비가 쏟아졌다
오랜만에 팔을 벌려 비를 안았다

카페에 들어갔다
따뜻한 커피를 시키고 창가에 앉아
잠시, 숨을 멈추고 빗소리에 귀를 기울였다
이 몸 피부로
환상 교향곡이 줄지어 스며들었다

드르륵! 드르륵!
세상을 가르는 듯한 굉음 소리
주문한 커피가 나왔다

일상생활 속에 새로운 여유
커피 향에 이끌려
다급한 입술이 다가가자
갈색 커피가 전신을 공격한다
입술은 치열한 전쟁으로
퉁퉁 부어터지며
등에는 뜨거운 물이 이어져 흐른다

\>

길을 나서다 보면
차가운 비를 마주할 때도
뜨거운 커피에 공격당할 때도
언제나 예상치 못한
삶의 경계를 이겨내는 것처럼.

괜찮은가요

오늘 그림자가 없어졌다
길을 걷다 보면 나를 앞서려고
있는 힘을 다해 달려온다

누가 시키지도 않는데 열심이다

한때는 키가 커졌다고
자랑하며 신이 나고
어느 때는 살이 쪘다고
투덜거리며 시무룩하다

날이 맑고 햇살이 빛을 뿌리면
웃고 울고 신이 나고 시무룩하고

오늘은 갑자기 그림자가 사라졌다
어디 많이 아픈 것일까?
걱정이 걱정을 쌓아간다
내 그림자만 그러할까?
그대의 그림자는 괜찮은가요.

밤비

별이 잠이 들기 시작한 밤
바람과 함께 찾아온
비 오는 소리

밤비가 말을 시작했다
그리움 소리일까
간절함의 열쇠일까
마음의 회오리일까

소리 없이, 허락 없이
내 마음의 문을 열고
들어온 소용돌이는
비어 있는 공간을 휘젓고

커피보다 진한 심장을 울리는
환상 변주곡이 되었다.

밤비는 조용히 말없이
그렇게, 내게 말한다

두 눈, 귀 기울여 보라고.

보고 말하는 사이에서

눈이 말했다
입보다 빠르다고
입이 말했다
눈동자는 거짓을 많이 본다고

보이지 않는 것과
보이는 것 사이에서
눈은 생각한다
무엇이 진실인가를

말하는 것과
침묵하는 사이에서
입은 되뇐다
무엇이 진실을 말하는지를

눈과 입은 말한다
진실을 보고
진실을 말하는
수많은 경계와 기회에서
누구의 책임인지를.

여름 어느 날

사정없이 내쳐지고 있는 어느 날
바람의 세기는
어느새 제곱이 되었다

방향을 모르는 바람은
나뭇가지를 무차별
때리고

더 이상 흔들어 감당 못 해
쓰러지면 물뿌리고
일으켜 세운다

언제나 그치려나.

눈치도 없다

비가 내린다

눈치도 없다
낮과 밤을 구별하지 않고

그리움도 내린다

언제부터 바람을 타고
허락도 없이 향기가 되었다

향기가 스며든다

그 향기에 머물러
달리는 시간도 멈추려 한다

길 위에 서서

누구를 위해 마음을
나눈다는 것은

그리움일까
걱정일까
사랑일까

시간의 필름을 돌리며
영사기에 걸고 나면
보이는 것은

기쁨일까
슬픔일까

길거리 중앙에 서서
둘러본다

걸어가야 할 곳을.

흐린 날 이후

햇살에 감긴 눈
구름이 들어 올렸다

어수선한 얼굴은 윙크하고
구름을 향해 손을 흔든다

바람에 간지러워 흔들리던 풀
바람에 흔들려 낙엽이 걸친 나무
태엽에 밀려 움직이던 아침도
숨죽이며 구름을 쳐다본다

멋쩍은 하늘은
햇살의 눈치만 보고
구름에 하소연하고
지켜보던 바람이 한숨으로
구름을 힘껏 밀어 버린다

하늘과 햇살은 바람에 윙크하고
따스한 햇볕을 사정없이 뿌려댄다

우산을 가지고
문밖을 나서려다 문안에 놓고

가벼운 발걸음으로 나선다

오늘은
휘파람 부는 일들이 많이 있길.

그려 보다

하늘 따라
구름 따라
마음을 앞세우고 걸어가면

그리움도
슬픔도
아픔도
익숙해지면

하늘에
구름에
묻혀버릴 수 있으려나.

다른 날이 될 때

그날이었다
여름에 눈꺼풀을 내린 원두막
바람이 뜨거운 입김을 토해낼 때

그날, 아이스크림 먹지 못하고 녹아내릴 때
위장 속 온도가 첩첩산중 올라서
100m 달리기를 전력 질주할 때

아내에게 선물한 목도리가
장롱 끝에 숨어 나를 물끄러미 바라볼 때
이길 수 있는 축구 경기에서
상대 팀이 여러 골을 넣어 이길 때
스트라이크로 삼진을 잡을 수 있는 투수
만루 홈런을 매 경기 맞을 때

공항철도 승강장에 무릎을 펴고 기다릴 때
별안간, 15분 연착된다는 방송으로 무릎이 접힐 때
좋은 날 되세요. 문자를 보냈는데
천둥과 폭우가 하늘에서 쏟아질 때

그날이었다,
눈을 마주치지 못할 때.

내 마음 알려나

내 마음
때때로 바람이 불 때면
하늘에 손 닿아보고

손가락 힘에 부쳐
구름에 걸쳐 버리면
담아 놓았던 눈물
와락 터뜨리고

내 마음
아득히 피어오르는 불씨에
바람도
구름도
하늘도
묵묵히 모른 척 지켜보다

결국, 하늘 문을 열고 폭포수처럼
비를 내린다.

눈이 생긴 이유

가까운 곳, 먼 곳을 본다
어디서부터 여기까지
정해진 것 없다

보이는 것, 보이지 않는 것
동·서·남·북 길을 잃지 말고
보이는 것
보이지 않는 것도
넘어가서 봐야 한다

때때로 잘못 보고 생각하며
진실을 가리고 판단하려 한다
그렇게, 쉽게 시작한 처음이
책임도 지지 않는다
마치, 송전탑에 앉아 있는 참새처럼
내 눈이 다른 생명처럼

이제는, 이승에서 따라 하길
눈이 생긴 이유를.

나에게 밀려오면

잠시
그려봐
얼굴 그리고 향기

바람에 적시고
만져지는
시간

덮어 버리지 마
속삭임 두려움 덜컹거릴 거야
두리번거릴 수도 그리고
파고들 거야

밀려오고
버둥거려도 달라붙을 거야
벽을 기어오르고
숨이 막히고 어깨가 빠지고

더듬거려 봐
흔들리지 말고 사막 같지만
바람이 멈추고 햇살이 구름을 밀어낼 거야 그리고
발끝으로 스며들 거야

살랑거리는 느낌

털어낼 수 있을 거야
버티던 힘이 바닥났을 때
따끔할 거야 그리고
적막 속에서 알게 될 거야

낯선 공기, 소리 그리고 향기
움켜잡고 흔들리지 말고 그리고
뜨거워지고 있지만 힘차게 걸어가 봐

머지않아
무심코 또 마주하는
오늘.

당신이 좋아서

오늘은
아침이 좋아서
　　햇살이 좋아서
　　　　바람이 좋아서

아침과 저녁 사이
당신을 채우고자
　　마음을 먼지 없이 비우고
　　　　끝도 없이 가득가득
　　그저
　　　　당신을 붙들어 담아봅니다

이런 날이 다가오면
봄은 날이 좋아
　　숨을 들이쉬고 내쉬다
　　여름을 부르고

여름은 뜨거운 사랑에
　　가을에 사랑의 전화를 합니다

가을은 시간에 물들어
타들어 가는 가슴을

오래도록 품고 싶어
　　겨울에게 천천히 따라오라 합니다

어느덧
살구 향으로 빈방을 가득 채울 때
　　느닷없이 저녁이 문을 엽니다

　　다음날에도
당신을 보고자 빈방을 비워 놓을게요

그저
당신이 좋아서.

그리움2

눈 쌓인 집 앞을 치우던
아내의 빗자루 소리가
아침을 열었다

벌써 삼 년이 지났는데
그리움으로 새벽에 창문 너머
함박눈이 내리는 것을 보며
잠이 들었었다

오늘도 일상에서
아내 사랑의 향기를
마주할 수 있을까?

거울

길을 걷다 보면
쭉 뻗은 길이 반길 때도 있고
골목이 순식간에 나를 끌어당길 때도 있습니다.

길을 걷다 보면
내가 네가 누구인지 모르고 앞을 향해 걸어가다 보면
나 혼자 우뚝 서 있어 돋보일 때도
내가 보이지 않을 때도 있습니다.
문득, 거울을 들여다볼 때
나를 따라 하는 낯선 사람
그저 웃음이 나고 즐거움에 기쁘고
마냥 그러합니다 그리고
내가 다른 것을 알게 됩니다.

언제나 묵묵히 기다려 주고
바라보고 힘을 건네주고 침묵을 이어갑니다.
내가 기쁘고 즐겁고
웃고 신나게 걸어가는 것을 지켜보기도 합니다.

오늘도 걸어가다 하늘을 보니
맑은 거울같이 나를 반기고 끌어당깁니다
나와 같은 생각을 하는 것처럼.

갈 수 없는 길, 가고 싶은 길

봄을 지나 초여름
이마에 생긴 주름은
뿌리와 나뭇가지로 자라고 있다
나뭇가지는 하늘로 높이
뿌리는 바닥으로 깊이
깊이 따라 자란다

봄 햇살에 모여든 마음
뜨거워지면 바람이 식히고
가고 싶은 길에
파릇한 희망을 키워본다

당신이 떠나간 발걸음
다시 당겨 잡아
돌아올 수 있게
얼음이 되어버린 숨소리를
심장 속 사랑의 온도로 녹여본다

세상을 살아가는 동안
슬픔을 뿌리로
나뭇가지로 보내고
눈물은 가고 싶은 길

갈 수 없는 길로 흘러 들어가고

밤이 떨어지는 오늘
내 안에서
당신 안에서
가장 빛나는 햇살같이
하루하루 낮과 밤을
촛불로 밝히면 그 길이 나타나려나.

바람 불던 날

바람이 나무를 흔들고
나뭇잎은 어디론지 허공으로 바닥으로
집을 잃어버립니다

늘 의심 없이 매달린 수많은 잎의 기록
괴로움이 어려움을 낳고
어려움은 깊은 한숨에
앙상한 살점을 드러냅니다

오랫동안 지켜온 날들을
당신과 함께 사랑한 날들을
바람은 슬퍼할 기회도 없이
세상의 길가에 웃음을 잃어버립니다

내가 딛고 서 있는 세상은
폭포수를 밤낮없이 쏟아내며
어디론지 흐르고 지나가 버립니다

오늘도 가슴이 뜨겁게
절대 바람이 흔들지 못하게
튼튼히 서 있습니다.

낙엽

바람이 걸어간 자리
혼자 남아있는
너의 이름

봄은 햇살에 기대어 거리를 거닌다
나뭇가지에서 겨우내 버티다
참새의 체중에 못 이겨

툭

날개를 흔들리며
바닥에 몸을 펼쳐본다

이름 하나가 생겼다.

청년이 사랑한 시인(윤동주)

그대가 활짝 핀 무궁화를 보았더라면
하늘에 눈물을 보내지 않고
역사와 시대에 서러움이 지고 빛났을 테요

낮과 밤이 싹을 맺어 한 송이 날아올랐더라면
하늘에 별을 보내지 않고
그대의 빛나는 시들이 계속 날아올랐을 테요

세상이 그대를 홀로 보내지 않았더라면
하늘과 바람과 별이
슬픈 얼굴루 보내지 않고
그대의 어두운 밤에 빛나는 축복을 안겨 주었을 테요

젊은 청년이 시인이 되지 않았더라면
잎새에 이는 바람에도
마음이 흔들리지 않고
지나가던 바람도 하늘의 별도
그냥 간절한 사람이었을 테요

청년은 눈이 시리게
세상이 가장 빛나는 별이라 그대를 부를까 하오.

더하고 더하자

살아가는 것이
고맙다고
살아 있는 것이
감사하다고
누군가 말하고 있을 때

기쁨이 물드는 행복이
날마다 순간마다
숨 쉴 수 있음에
감사하고 사랑합니다

주님 아래
서 있고
버티고
걸어가는 오늘

평화로운 숨 쉬는 하루
더하고 더하자

별과 별을 만나다

밤하늘 아래 별 따라다니다
별 한 모금 마시지 못했다

밤하늘에 별과 별 선을 이으면 부자가 되고
마음은 풍선처럼 부풀어 올라
매일 별과 별을 이어갔다

어제, 오늘도 선을 이은 별
바로 내 별
내 땅이 되었다

오늘은 작정하고 마음껏 별과 별을 이었다
내일도 얼마든지 내 마음대로 이을 수 있다면
밤하늘은 내 하늘이 될 수 있을까

빛이 나는 별
반짝이는 별
이름 가진 별
이름 모를 별
숨어 있는 별

내일이 기다려진다.

코로나의 끝

원하지 않았어
온몸이 비포장도로에 이리저리 끌려가도
힘을 쓸 수가 없었어

누구의 허락도 없이 들어와
얼굴을 질그릇처럼 반죽하듯 주물러 놓고
목과 가슴은 숯불로 공기 따라 타들어 가고
머리는 천근을 올려놓은 듯
두 눈은 전쟁터에서 치열한 전투를 한 듯
뻘겋게 충혈되었지.

한참을 쳐다보았어
처참하게 버려진 모습.

우습다 못해 울음이 터질 것 같았고
소리를 질러도 누구도 놀라지 않을 비참한 모습이었어

아직은 몰라
공기를 떠다니는 나쁜 바이러스
이 끝이 어디까지 모르지만
내일은 새로운 날이
시작되기를.

초여름

베란다 플라스틱병 속에 매실이 있다.
7년이 넘어도 문을 열지 못하고 가두어 있었다.
아내가 정성 들여 담가 놓은 것.
한동안 꼿꼿이 자리를 차지하고 있었지만,
기억 속에서 잠시 잠을 자고 있던 매실청이다.

시간과 공간을 담고 오래도록
갇혀 있어 맛이 변했을까
궁금하고 두려움에 문을 열었다.

천년의 시간을 간직한 것처럼
까맣게 숙성된 진한 색깔에
혀끝을 스미는 생생하고 은은한
깨달음의 순간같이 황홀하다
매실이 주는 혜택은 아내의 사랑이 이어지는
따뜻하고 든든한 기운이 되어
나를 위로해 준다.

가을 어느 날

바람에 날아온 꽃향기에 두 눈 멀어
물속에 젖어버린 눈동자

무슨 일일까? 가까이
가까이 아주 가까이
출렁이는 심장 소리 들리고
한결같이 밀려 들어오는 바닷가 파도처럼
넘치고 넘쳐 달려오면
흐르고 흘러서 쏟아져 내리는 마음은
언제나 멈출까

가을 어느 날 꽃향기 숨 쉬다 시작되었나
일어나고 피어나고 다시 더 가까이
가까이
언제라도 꽃향기는
바람의 일부가 되어 계절을 쓸어내고
다시 깊어지겠지요

밀려 펼쳐지며 넘쳐오는 파도처럼
가랑잎이 물드는
가을 어느 날처럼.

12월

달력 한 장 걸쳐있다

달력을 보니
감사함이 내려앉는다
고마움도 비로소 따라 내려왔다

날짜 사이에서
바람이 뛰쳐나왔다
남은 공간이 점점 줄어들어
제대로 누울 자리가 없다고 한다

바람은 갈 곳을 잃고
공중으로 하늘로
떠밀려 올라갔다

새로운 달력이 오면
어디로 가야 할까
이대로
물러설 수 없는 삶.

한번 바라보았을 뿐이다

비가 하늘 천정에서 흘러내렸다
막을 수 없던 비는 나무에 쏟아졌다
막을 준비도 없이
홀로 비에 젖은 나무

억만년 시간을 이어오고 반복해도
멈출 수 없는 비는
어김없이 오늘도 나무에 다가왔다

비를 막을 수 없는 태양
비에 젖은 나무를 그대로 본다

태양은 바라보는 눈빛을
지그시 감아본다

바라보는 마음이 커질수록
나무는 흔들리고
끓어오르는 공기를 마주한다

혼자라서
그림자도 남기지 않고
바람처럼 떨고 있는 모습.

눈에 눈이 피는 꽃

가을이 찬바람에 떠밀려 사라지자
동서남북 산과 거리를 솜이 포장하기 시작했다

쉬지 못한 바람
비명을 지르며
공기에 밀려 나무를 두드리고
새들은 소스라쳐 지저귀며 우는 소리

집을 잃어 살려달라는 외침 같아
귀를 닫으니 소리는 더 커진다
나무에 그을린 가로등도
견딜 수 없는 눈바람에

주르륵 주르륵　주르륵

　주　　　　주
　르
　륵—　　　르

　　　　　　륵—　주르륵

눈이 하나둘 녹은 물방울

더해지는 시간 속에
슬픔도 물방울도 정성을 다했는지
눈동자에 꽃이 피고 있다.

비

내린다

언제부터인지
예약도
예고도 없이

계절을 모르는
눈치도 없는

아까부터
미친 듯이
흠뻑 젖는다

3부

슬픔이 바닥이 나면

그냥, 오늘은(사랑, 인생 남기기)

오늘은 말이 떨고 있다
꿈속 당신 숨소리에
말하려는 것이 숨어 다닌다

오늘은 눈이 떨고 있다
보이는 당신 영혼에
눈꺼풀이 닫지 못하고 있다

그냥, 오늘은
시간이 가득 젖으면
손과 발이 침묵해야 하고

그냥, 오늘은
스스로 떠오르는 당신을
남겨진 기억을 붙들어야 하고

하루가 가리키는 곳을 따라
사랑하나 마음 하나
한 걸음 더 거기까지

가고 싶다

당신이 머문 자리
하나하나 거닐어봅니다.

그날부터 잃어버린 시간
바람이 파도로 몰려와
우울이 시간을 담그며
사랑이 절망과 기댈 때
하늘이 글썽이도록 소리쳐봅니다.

당신이 있는 그곳
가본 적 없는 그곳

잠시라도
지금, 그곳에 문을 열고
가고 싶다.

안부

언제나 새벽마다 당신을 맞이합니다
늘 삶이 그랬듯이
좋을 때, 기쁠 때, 충전할 때
보고픔 꺼내 보며
슬플 때, 아플 때, 외로울 때
보고 싶음 참아 냅니다

눈물은 하늘에 넘쳐 바다로 흐르고
휴지 한 통으로 막아보지만
내일은 더 흠뻑 비에 젖습니다

시간이 달려가고 달력이 넘어가도
두 눈에 담아 놓은 당신의 향기
햇살과 별이 바람과 함께
당신 소식 날아 오면

언제나 당신에게
하늘과 별과 바람에 전해봅니다

괜찮아 당신, 잘 지내지.

헤어짐의 이유

마음이 싫다는 것은
서로 마음이 다르다는 것

마음이 다르다는 것은
서로 생각이 다르다는 것

생각이 다르다는 것은
서로 찾아가는 목표가 다르다는 것

찾아가는 목표가 다르다는 것은
서로 삶의 의미를 함께 할 수 없다는 것

삶의 의미를 함께 할 수 없다는 것은
서로 다른 삶을 살자는 것

지금, 새롭게
행복할 수 있다면.

7일하고 하루 더

몇 날 며칠을
벌써 7일째, 머리와 가슴이
갈 곳을 잃어버린 듯

방법과 생각이 나지 않아
그냥, 벽만 하늘만 바라봅니다
기댈 수 없이 다가오는 현실
심장은 도화선처럼 타들어 가고
숯이 되고 있습니다

무엇을 해야 할까요
복잡함을 버리라고
단순하게 진리를 찾아보면 된다는 말
몸 따로, 머리 따로, 가슴 따로
발 따로

오늘도
정처 없이 두발을 걸어갑니다.

잃어버린 길

길을 잃었습니다
당신의 상자 속
같이 들어가지 못해

길이 없어졌습니다
삼베옷에 꽃단장
나도 함께하지 못해

길이 보이지 않습니다
용광로 열기 속
육신은 가루로 바뀌어

하늘길이 열렸습니다
하늘도 별도 바람도
영겁의 사랑을 알아주소서
어찌해야 합니까?

오매불망

언제부터 여기 있는 걸까
바람 한 점 없는 방구석 앉아
바다를 가르는 갈매기 울음
당신을 향해 통곡합니다

당신이 어디 있는지 몰라
그리움에 이름 불러 보고
내가 당신 곁에 갈 수 없어
하늘 가까이 올라가 봅니다

흐트러진 모습 보이기 싫어
몇 번이고 씻어 보지만
당신을 마주하는 날에는
금세 내 몸은 폭포가 되고 폐허가 됩니다

당신을 보고픈 날에는
하늘에 당신 이름 남기고
꿈속에서 만나 보기 위해
하늘과 별빛과 바람에게
오매불망 빌어 봅니다.

사무침

기나긴 터널을 지나 숙면을 깨고
그대 입김과 마주하는 아침

어디로 걸음을 돌려볼까
마음을 잡고 걸어간 화창한 봄날은
따사로운 햇살이 흐르는 속살을 비추고
그대의 이마에 맺힌 세월을 그린다.

어디선가 달려온 낙엽과 향기로운 바람
당신의 그리움과 열기로 따라가 보면
당신의 포근한 품으로 숨어든다.

언젠가 품어온 당신의 언어가 새겨진 옷자락
그대의 품이 당신의 삶이요 향기이기에
당신의 체취 어린 그대 품으로
갈 곳 없이 숨만 쉬는
이 몸도 슬며시 안겨봅니다.

상처

1.
문을 열었다.

아무도 없었다.
왜 한 사람도 없는 것일까.
문을 열지 말 것을.

2.
걸어가 보았다.

웅성웅성, 사람들 하소연이
간절함에 심장을 통과하고
전신에 퍼져 밀려 들어왔다.
걸어갈 수 없었다.

이야기를 들어주는 것이
마음을 알아주는 것이
나를 숨을 쉴 수 있게 한다.

3.
천만다행이다.

귀를 기울여 들어준 것이
마음을 열어 안아 준 것이
사람을 살리고, 나를 살린 것이

좋다.
나에게 시간이 있다는 것이.

방랑자

철길을 내어라
고속철도를 깔자
그것도 아니 되면
고속도로라도 저승까지 놓자.

한 번도 겪어 본 적 없는
당신 보고 싶음에
한 번도 가 본 적 없는
길을 찾아 헤맨 시간이
땅을 찾아보고
하늘을 찾아보고
별과 달을 찾아다니며
가는 길을 묻고 물은 현실이.

누군가 반갑게 대답해 주기를 믿었건만
손으로 주먹으로
이 몸을 던져 두드렸건만
돌아오는 대답은 정적뿐이.

당신이 있는 그곳
얼굴만 보고 돌아오려는 것인데 이것도
내 욕심이

헛된 꿈이 돼버린 지금이
내 작은 소망 하나 꿈꾸는 것이건만.

이곳, 당신이 없어
이 몸 무슨 재미와 즐거움으로
살아야 하는 것이
고통이고 존재의 상실인 것을.

이슬비

앙상한 나뭇가지 위
하얀 빗방울
위태롭게 떨고 있음이.

까치가 조심스레 앉으려
눈치 보다 눈빛 마주쳐
이내 앉을 수 없음을.

고요한 시간이 흐른 뒤
햇살이 하늘에서 뿌려지고
소리 없는 절규와 함께.

그대 모습
사라짐의 이유를.

TTL(Time To Life)

이런 날
그대가 무척 그립고
보고 싶습니다.

이런 날
그대와 주어진 시간을
물들이고 싶습니다.

이런 날
빗방울이 홍수가 되어도
그냥 빠지고 싶습니다.

이런 날
하늘을 붉은 입술로
누가 물들일까요.

하늘에서 온 소식

하루를 살아도
하늘을 바라보지 않으면
숨을 쉴 수 없다.
뭉게구름이 가린 하늘
구름이 사라진 하늘을 바라보았다

일 년을 살아도
일 년을 더해도
창호지에 눈물을 뿌리는 하늘
눈을 놓아주는 하늘도 바라보았다
달아오르는 마음이
하늘을 바라보았다

며칠째 하늘에서 물방울이
하나둘 모여 구름이 녹아
바다가 되어도
소리 없는 바람에
낙엽이 여행을 떠나도
말 없는 하늘만 지켜보다
하루가 지나갔다

오늘도 눈꺼풀을 잡아당겨

아침이 내려왔다
저녁도 내려올까

절대로, 멈추지 않는다
하늘에서 땅으로
땅에서 하늘로 서로
바라볼 수밖에 없는 경계

날마다 유일한 애인은 하늘이다.

사막이 눈을 뜨면

사막의 눈꺼풀을 잡아당겼다.

늘어져 있던 허리에 아픔으로 가득 차오르고
숙였던 고개를 들어 분노를 토해내고 있다

어느덧 사막은 전신을 사로잡으며
심장을 떨게 하였고 낙타들은
붉은 비와 모래밭에 뒤엉키고 삼켜버린다

빛을 잃어버린 밤은 공포의 숨으로
몰아넣고
웃음을 채워 넣으며
으스대는 것을 보았다

덤불 속에서 숨죽이는 새벽
지옥의 계단을
인도하는 것을 지켜만
볼 수밖에 없었다

바람 한 점 없는 사막
눈 깜박할 사이
눈앞에 빛이 다가온다.

어제처럼, 오늘처럼, 내일도

한 숟가락 떴다
입이 물어갔다

한 공기 다 먹었다
배고프다
또, 한 그릇 먹을까

어제도 숟가락 들었고
오늘도 들었다
삶을 위한 시위인가
생을 위한 선물인가

내일도 숟가락을
들을 수 있을까?
어제처럼
오늘처럼 내일도.

가로등이 켜지면

하늘은 낮의 기억을 잠재우러
밤을 선택하였다
선택받으면 불이 켜지고
버림을 받으면 밤의 노예가 되었다

더 나은 밤을 맞이하기 위해
먼지를 밟고 온 길을 뒤 돌아보지만
어둠 속에 사라져 버렸다

밤의 과거는
사라진 슬픔으로 마주하고
타오르는 불빛은 사랑으로 반긴다

가녀린 입김이 어둠을
이겨내고 있는 불꽃을 삼켜버릴 듯
무너질 듯한 거친 숨소리에
삶의 흔적은 소리 없이 더한다

희미한 가로등에
바람 부는 설렘과
살점을 찢어내는
사랑의 고통이 함께 몰아친다.

길

사거리 중앙에 서 있다

길이 보이지 않는다
　길이 보인다

　　길은
　　　언제나 기다리고
　　　　스스로 기억한다

　　　　늘
　　　누군가를 위해
　　길은 마주하며 선물을 준다

　이제
걸어가야 한다.

보이는 길
보이지 않는 길.

바다가 생긴 이유

하루하루를 넘기는 앨범 속 추억들
지난날 아내와 강릉 여행의 사진이 장맛비로 내린다

바람이 부는 날에는 흔들리는 갈대처럼
자기 자리를 못 잡고 여기저기 끌려다닌다.
장맛비에도 끄떡없이 지키고 있던 두 눈꺼풀
가랑비로 바뀌는 때
가득 담아 두었던 눈물을
꺽—꺽— 소리 내며 흘러넘친다.

미치도록 마주하고 보고 싶은 사람
눈물이 바닥이 보이기 전
편지를 써서 보내본다

언제나 시작은
그곳에서 잘 지내고 있냐는 안부
현관을 넘어가 보지 못한 편지들은
방 한가운데 상자 뚜껑을 밀어내고
뿌연 안개처럼 창문을 막아서는 가슴을
한가득 헤집어 덜어낸다

언제나 그랬듯이 오늘도

만나지 못한다는 것을 알면서도
묵묵히 시간은 바다를 만들며 이어간다.

슬픔이 바닥이 나면

슬픔이 바닥이 나면
그대의 이름조차 부를 수가 없다
몸을 바로 서 있을
기운이 남아 있지 않다

일 년이 지나고 또
1년이 지나고
또 일 년이 지나는 동안
강물이 바다로 흘러가도
강을 따라
바다에 발을 따라
살이 떨리고 손이 멈추고
무릎이 바닥에 닿아
바닥이 보이도록 울고 있는 사람

오랫동안 강과 바다는
깊은 잠을 자고 있었다
슬픔을 모아서
깊숙이 흘려보낼 때까지
어쩔 수 없었다
눈에도 눈물은 바닥이 나고
온몸은 슬픔이 살아나서

강과 바다에 잠겨 있던 눈물

슬픔이 서서히 바닥이 나면
그 손을 잡아당겨 줄까.

늦은 밤

늦은 밤 어느 날
밤은 기다리다
서서히 하루를 잡아당기며
먹어 치우고 있었다
그때 알게 되었다
밤이
그렇게 무서운 것을

살아 있는 것
남아 있는 것

영원히
먹어 치울 수 있다는 것을

늦은 밤
나는 아침 동살을 기다린다.

우울이 고개를 내밀 때

답을 모르는 표정은
눈물겹게 옷으로 눈을 가린다

너무나 어처구니없지만
그것만으로 가슴속 이야기가 있다

고요가 밖으로 나오면 숨을 나누고
말이 고요 속으로 흘러가면 상처를 베어 물며
반창고를 확인하는 것처럼 갈수록 잠재우고

소리를 낼 수 없는 깊은 물처럼
아프다고 말할 수 없는 슬픔이 있다

가만히 들으면서
매 순간 바뀌는 지금처럼
천천히 기다려 주는 시간에 대해
물 한 모금 마시며

잘 버티며 넘어가는
살아갈 날들에 대해
사랑하는 오늘.

어둠의 온도는

어둠의 온도를 잴 수 있다면
끝없이 삶이 웃고 우는 목덜미에서
검은 물감을 쏟아내듯이 죽음이 다가올 거야

해가 등을 돌리고
밤이 인사를 하고
바람이 스치고 심장이 요동칠 때
입맛을 다실 거야

슬픔, 그리움의 순간
궁금해질 거야 아니
잠들 때까지
어둠이 스며들 때까지
두려울 거야

온도계에 어둠을 담을 수 있는
깊이깊이 집어넣을 수 있는
마주하는 두 눈동자
서로 부딪치며 찾지 못할 거야

조용히 떨지 마!
뺨이 살아 움직이면

어둠이 공격할 거야
점점— 여기가 끝일까

온도가 보이지 않는다
온도를 먹어 치웠다

아침이 밝았다.

시간의 방향

시간 위에 한 사람이 서 있다

오늘도 어제를 밀쳐내는 시간
시간 위에 무엇이 움직였는지 전혀 모를 때
먼 곳에서 시간을 붙잡고 다가오는 사람

우리는 시간 위에 서 있고
내가 서 있는 시간은 굴러가고
어제는 네가 서 있었는지
오늘이었는지
전혀 셀 수 없는 시간

서로 웃으며 손을 들어 반기며
시간 위에서 즐겁게 놀고 있다
시간의 모습은 조각처럼
시간에 서 있다

미끄러지고
넘어지고 쓰러지고
매달려도 무엇이 그랬는지
전혀 모르는 시간
그 위에서 누워있다 잠들어도

누구도 도울 수 없다

먼 곳에서 시간을 붙잡고
다가오는 한 사람
혼자 서 있는 시간 위에
먼지를 쓸어내며

여기로 다가오는 시간의 움직임은
어디로 향하고.

그저 그려놓고 바라볼 때

오른발은 왼발을 넘어서지 못하고 있었다
왼발이 시작되는 곳에
당신이 있었다

매번 설레며 비추던 당신의 햇살은
텅 빈 내 몸으로 들어와
깊게 더 깊게
안이 되고 밖도 되며
거리 걸음마다 조명이 되어
어둠도 사라지게 했다

그토록 깊은 열병은
둘을 살리고 얼굴과 소리로
오래오래 마주하자 했다

미안하다
흐르는 눈물과 아픔이 내 몸을 두드려
당신의 피와 뼈와 살을
가만히 품에 안고
얼굴에 담고

언제나 당신 얼굴

하늘과 땅 사이에 그려놓고
바라본다
세상이 멈출 때까지.

늦은 저녁 어느 날

늦은 저녁
어느 날 나는
희미한 김이 피어오르는
흰 공기에 담긴 밥과 국을 보고 있었다

뜨거운 것 싫어하는데

그때 알았다
걱정이 산처럼 쌓이는 것을
그래도
당신의 첫 기제 일이니까

밥을 맛나게 먹을 거야
배부르게 먹을 거야
한 상 차려놓았어
그래
잘 먹어야지

지나고 있었다

나는 밥을 먹는 것을 지켜보았다.

어떤 밤

어두운 밤하늘에 별 하나가 생겼다
그날부터 하루하루
한 곳만을 바라보는 사람이 있다

밤에 밤을 더하는 날이면
가만히 서서
가만히 바라보며
오늘 내내 가슴이 막히고 밀렸던 것이
금방 눈시울로 옮기고
바로 손으로 막았지만
손가락 사이로 흘렀다

오늘도 별에 사랑을 새겼다
아침이 밝아 올 때까지

궁금합니다

궁금합니다
어디 좋은 곳에서 잘 있는지
매일 잠은 푹 자는지
무엇을 먹고
어떻게 하루를 지내는지
샘처럼 나오는 물음은
가슴을 두드리며 대답을 기다립니다

어느 날 해주었던 잔치국수
입맛이 없을 때 해주었던 그 맛이
입속에 침을 쌓이게 하고 다시는
그 맛을 맛볼 수 없어 혀가
입술을 두드리고 있습니다

당신과 함께 할 수 없는 날들이
등에 짐을 하나둘 셋 올리고
그렇게
그렇게 묵묵히 숟가락,
젓가락이 움직이는 일이
로봇이 하는 일처럼

빛나는 불빛이 혼자 먹는 일이

마냥
초라해 보이는 일이 생겼습니다

궁금합니다
당신이 어느 곳에 있는지
당신이 무엇을 하는지
당신이 건강하고 행복한지
하루하루 먹는 일보다 더 알고
싶은 이유가 있어서.

말이 없다

장롱 보자기 속 사진 안에서
아무 대답도 없는 당신

오늘은 4번째 기제 일이라고
버티고 버티다가
제사상에 앉은 당신

세상이 눈물로 뚫리며
울었던 6월

세상의 슬픔은 여기에서 시작한다
슬픔 같은 것을 지금 태워버리면 좋겠다

뼈를 녹이고 바다를 만드는 매일
감출 수 없는 것이
닫힌 문을 두드린다

이제 생각이 나면
지금 여기 어디서든.

보이고 안 보이고

나뭇가지에 걸터앉은 나뭇잎
아침이슬에 중력을 이기지 못하고 파르르 떨고 있다

한동안 숨죽이며 지켜보던 까치
걸음걸이마다 조용조용 내디딘다

다행이야 참, 다행이지
그래그래

번쩍, 하늘에는 검은 구름이 다가오고
멀리서 빗방울 소리가 요란하게 쏟아진다
땅 위를 포장하는 빗줄기
조각처럼 떨어지는 나뭇잎 이리저리 끌려다닌다
풀잎들은 반가움에 목마른 입을 열고
개미들은 때아닌 홍수에 비상사태로 뒹굴고
이름 모를 크고 작은 돌멩이들
모처럼 세수와 화장으로 뽐을 낸다

지칠 줄 모르는 빗물은
길마다 가로지르며
새길도 만들며 하염없이 흐른다.

사과

그리움이 쌓이면 네가 될까
슬픔이 모이면 네가 될까
아쉬움이 남으면 네가 될까
외로움이 바닥이면 네가 될까

우수수 떨어질 줄 모르는
너의 손아귀에

너도
나도
망설임에
오늘 견뎌본다.

이런 날, 나도 몰라

입에서 언어가 말하고 싶었다
목마른 저편에 고이 담아 놓은 말
언젠가 햇빛 한번 볼 줄 알았는데

말하지 못한 것이
가슴에 살아서 뛰어오르고
심장을 통해 혈관처럼 기어 나오고
망치로 온종일 두드린다

계절은 계절을 잡아당기고
봄소식에 서둘러 자리를 차지한
새싹이 솟아나고
가슴의 흔들림은
시간을 더해간다.

언제 할 수 있을까
다시는 할 수 없는 말.

거울(자화상)

눈물이
    웃음이
        사랑이 머무는 그곳

       기쁨이
    가슴이
하루가 말하는 그곳

헤어졌다 다시 만날 때
견딜 수 없는 외로움이 몰려올 때
구름 따라 이리저리 헤매고 있을 때
웃음이
눈물을 밀고 있을 때

나는 다른 곳에
너는 그곳에
따뜻한 햇살이
고개 드는 하늘
별빛이 소리내어 말하는 하늘

바람이 불어오면 붙잡아 놓고
구름이 하늘을 가리면

지우개로 지우고
눈빛 너머로 비친 눈빛

나도 너도 모르는 마음을 묻어 놓는 곳
늘 궁금하지만 말하지 못하고
돌아서면 볼 수 없는 너

언제부터인가 그런 네가 좋아
하루 시작을 함께하는 친구가 되었다.

봄이 가고 여름을 당겨도

저녁을 먹으려다 당신이 생각났다
새 달력마다 기제 일에 동그라미를 그린 지 4년

지난여름에도 밤마다 창문을 열어 놓고
그대 좋아하는 음악 들으며 사진을 펼쳐 봅니다

오늘도 무작정 기다리는데 소란스럽게 별이 빛나고
바람이 꽃을 흔들어 향기가
비워 놓은 가슴에 들어왔습니다

믿을 수 없는 시간이 어언 4년이 지나고
그대 목소리 듣고 싶어
휴대폰을 손에 들고 전화를 기다립니다
무심코 잠이 들어 전화를 못 받을까 봐
휴대폰 배터리가 부족하여 전원이 꺼질까 봐
손과 발이 전전긍긍하고 있는데도
전화는 움직이지 않습니다

당신을 못 본 이후부터
봄도 가고 여름을 당겨도
마음에 끝없이 쌓이는 슬픔은
아랑곳하지 않는 휴대폰만 쳐다봅니다

아프지 마세요, 혼자라서

아파요 어디가 아픈가요?
마음이 타들어 가요
혼자 있지 마세요

혼자라서
아프면 더 아프고
슬프면 더 슬프고
상처를 치유해 줄 사람 없어서

혼자라서
머리끝에서 발끝까지
무너지고 또 무너지고
매일 쌓아 놓은 슬픔이 무게를 감당하지 못해
무너져 버리는 시간

이제 더 이상 아프지 마세요
그대 아프면
공기가 타들어 가서
세상이 숨을 쉴 수 없어요

절대
아프지 마세요.

(기제사) 쌀밥을 차리며

압력 밥솥에 쌀을 넣고
물은 눈물과 함께 채웠어

밥솥에 있는 쌀이 쳐다보면
손을 넣어 얼굴을 가렸지

그냥 대충 살려고 하다
대강 사는 것도 힘들어

잘 살려고 하고 있어
사는 것이 힘들어도

어쩔 수 없잖아
이렇게 살아가는 것도
처음 해보는데

잘하고 있다고?
안아 주고 키스해 줄 거지.

전화를 건다

전화를 건다

5년 만에
다시

당신일까
낯선 목소리

핸드폰을 떨어버렸다

여보세요—
뚜뚜뚜....

아내가 생각날 때

사랑이 눈물을 모을 때
마음이
머리 위로 생각나는 사람

마음이 눈물을 방류할 때
기다려도
생각이 그치지 않고 생각나는 사람

그리운 시간이
길을 만들고

매일 보고픔에

앓고
또 앓고
머리와 발끝을
그대로 가로지르며

그대 어디에.

전송오류

당신이 떠난다는 것을 알고

머리가 급속으로 냉각되는
전율이 흘렀다

처음 다가온 이 순간을
공포와 두려움에

갈 곳을 모르는
갈 곳을 찾는

어디로
가야 할까요.

인생은

안다고 생각했다

하나는 아침에 일어나면서
둘은 점심에 커피를 마시며

이제는 모르는 것 같다
저녁에 하루가 몰려들어
아무 일 없이 울고 쏟아지고

달빛처럼 머리카락이 변하고
웃는 날
우는 날

당신 때문에
누구 때문에

세상을 알 듯 모를 듯
소중한 날

정류장

당신이 주저앉고 싶을 때
둘이 있다 하나가 되었을 때
스쳐 지나가는 바람에도 하염없을 때

잠시
머물 수 있도록
빌려주는 곳

당신의 하루가 구겨짐을 당할 때
살아가는 지금이
감당할 수 없을 때
시간이 나이테처럼
소용돌이 안에 있을 때

따뜻하게 시원하게 당신이
충전할 수 있도록
쉬어갈 수 있도록.

당신은 그런 사람

아침에 일어나 그냥 떠오르는 사람
밤새 잘 있었냐고 묻고 또
묻고 말하고 싶은 사람

밥을 먹을 때나
물을 먹을 때나 생각나는 사람
길을 걷다가 갑자기
차가 돌진할 때 먼저 생각나는 사람

아플 때 기쁠 때 함께하고 싶은 사람
눈에 눈물이 끓고 넘쳐도
눈동자에 가득 담아 놓는 사람

순간순간 나도 모르게
시간과 마주하는 사람

그날 이후에도 늘 사랑이 환하게
밤과 낮을 밝히는 사람

늘 같이 있고
보고픈 사람.

4부

햇살이 내려와

화답

똑 똑 잘못 들었나
숨을 멈추고 잠에서 깨어나
밖으로 나가 보았다

둘러보아도 아무도 없다
내가 왜 이러지 하는 찰나
창문 밖으로 비가 내린다

이른 봄
춥디추운 날씨 감싸 녹이듯
초롱초롱 하얀 방울이
하늘에서 이곳까지
팔을 뻗어 감싸 깨우는
당신 이야기 듣고 있다

어젯밤 당신 만나려고
하늘에 입김과 마음 보냈더니
먼 높은 곳에서 화답을 주니
오늘도 당신의 하루가 된다.

오늘 선택하다

오늘 선택했습니다.
며칠 밤낮 자고 나면 하루가 뒤틀리고
낮과 밤이 모자라서
하루가 그림자를 멈추지 못할 때
하루를 지나가지 못하는 사람

마음이 옆 사람을 보지 못하고
햇살이 어둠에 놀라 도망가고
오랫동안 나오지 않을 때
어제가 오늘로 가득한 하루
문밖이 끝을 모르는 사막처럼 시간이 발을 누르고
생각이 미래를 잃고 과거에 숨어
오늘을 만나지 못하는 사람

흔들리는 하루가 무섭지만
지난날 행복을 떠올리며
어제 만난 태양처럼 하루를 알아차리고
나에게 있는 시간을 내게 없는 하루를
그렇게 천천히 다시 시작
내게 주어진 것을 위해.

문득

문득 나는
슬픔이 다가오는
이 순간에

당신이 나에게 있어
사랑을 주고
힘이 돼서

당신이 함께
있어

좋다 오늘

언제가

나무 사이로 햇살이
이름을 새기더니
꽃잎들이 노래를 부릅니다

어느덧 햇살은
소리 없이 바람과 함께
꽃향기와 소식을 알려줍니다

당신이 편지를 보내왔나
들뜬 마음에 발과
손이 떨려옵니다

어느덧 노을은
거리에 그림자를 길게 뿌리고
달빛과 별 무리에
내 마음 전해봅니다

햇살이 내려와

아침에 살짝 눈을 뜨고 바라봅니다.
주님, 오늘도 숨을 쉬고 있으므로
주님께, 감사하고
오늘도 움직일 수 있어 감사하고
오늘도 삶을 걸어갈 수 있어
감사합니다.

하루하루
날이 밝은 오후
삶을 향한 햇살
주님의 공기는 또 다른 축복이요
살아가기 위한 생명입니다.

오늘도 흔들리는 마음
감당 못 할 하루를
잠시, 쉬어가라고 힘내라고 자비를 베푸시니
설레는 기쁨과 사랑을 감당하며
행복한 사람으로 살아가겠습니다.

삶의 소식

아침 안개를 뚫고
아스라이 스며드는 따스한 손길

오묘한 햇살 따라
마음이 여는 찬란한 손짓

아침인가 저녁인가 알 수 없는 시간
당신 자락을 찾아
젖 먹던 힘으로 불러본다.

천 길 낭떠러지에 매달려서
마주하는 그리운 당신
살려고 허우적거리며
몸부림치는 삶의 밧줄

오늘도 하늘 향한 손길에
당신 사랑의 입김 통해
당신 신랑의 삶의 소식 전해본다.

언제나 사랑하려면

어제 그대를 만나
심장이 아팠습니다

아픔을 이겨 낼 수 있다면
상처를 어루만질 수 있다면
그대의 사랑을 온몸에 적시며

낮과 밤을 함께
지새울 것입니다

강물이 흘러서 바다로 이어지듯
그대의 숨결이 이 몸에
스며들어 퍼지듯
언젠가 나에게 사랑이 될 것입니다

나의 기다림도
그대의 기다림이라면
우리 한평생 사랑하고 있는 건가요?

그렇게, 그렇게 언젠가는

멀어져 가는
시간의 아쉬움도
그렇게, 그렇게
풍성해지겠지요

그렇게, 그렇게
언젠가는

바람처럼 사라지는
아픔이 되어준다면
언젠가는
견딜 수 있는 시간인 것을.

봄을 노래하다

노란 개나리가
거칠어진 살결을
걷어내며 피어올랐다

겨우내 나뭇가지에 아슬아슬
매달린 나뭇잎
아랑곳하지 않고
마주하는 힘찬 바람

아—
외마디 소리
다시 만날 것을 기약하며
봄이 지나도록
토닥여 준다.

오래도록

이른 아침
숲길

향기를 활짝 드러낸 풀과 꽃
날아드는 바람이
얼굴을 웃어 대고
달콤하게 익어가는
이른 아침
숲길

그렇게 또
그렇게
싱그러운 푸르름처럼
이른 아침처럼

오래도록.

마스크

햇살이 창문을 열었지만
나의 입은 열지 못했다.

어둠은 공기가 가는 방향마다
도시와 자연의 거리를
힘차게 먹으며 움직이고
이 세상 주인이 되는 느낌이다.

거리에 나아가 팔을 벌려
따뜻한 마음을 전하려
신발을 신고 거친 숨이 흘러도
입을 열지 못한다.

입을 열고
자연에서 흐르는 향기를 맡아보려
저마다 뜨거워지는 욕구가 온몸을 휘감아 돌았다.

그러나
돌연 머리끝에서 발끝까지
등줄기에 굵은 물줄기가 쏟아졌고
너는 온 힘을 다해
입과 귀를 감싸 안으며

어둠에서 살아갈 수 있는
희망을 느끼게 한다.

하루 이틀
어둠의 끝은 모르지만
당당한 네가 있기에
우린 어둠에 눕지 않아도.

그날은 지나가고

돌아오는 새해에는 여행 가자며
화분에 꽃을 심었다

흙을 끌어모아
뿌리를 숨기고
몸뚱어리를 숨기고
꽃이 피면 함께 놀러 가자
약속도 하나둘 담아 놓고
줄기와 잎에도
물을 가득 뿌리며 활짝 적셔 놓았다

화분은
봄날과 같이 햇살을 받으며
사랑이 쌓이듯이
매일 매일 키재기를 하며
제법 창문 밖 나비를
친구로 만들어 놀러 오게 했다

6월 중순 어느 날
오월, 6월이
지나가는 것을 봐도
화분에 꽃이 피지 않으니

당신이 약속을
지키지 않아도 되고
마음 아파 통곡하지 않아도 되니

그냥
당신만 잘 지내면 되는 거지
잘 지내면
계절이 당신을 찾아와도 잘 지내면 되는 거야
지나가는 계절이 이끄는 바람에도
잘 지낼 수 있도록

나에게도.

틈

눈꺼풀을 들어 올리고 탈출하는 물이 있다
절벽에서 이어서 흐르는 것은
무게를 감당할 수 없이 무겁다

행복을 시작하는 토요일
행복을 마치는 일요일
불행이 다가오는 월요일
그 사이에 흐르는 희망이 있다

보이기도 하고 안 보이는
정말 이상한 놈

알 수 없는 마음이
다가올 때도 있다
멀리할수록 가까이할수록
하루의 시간이 다른 날도 있다

끈적일수록
달콤할수록
평생을 따라가는 것도 있다

무심코 뒤돌아보면

간절히 살기 위해 먹고 주저앉으며
끼어들고 잡아당기고 부서뜨리고
꺾어버린 적도 있다

하루를 채우는 웃는 날
벽을 잡고 울리는 날
끓어오르는 화를 참을 수 없는 날
손가락으로 달력으로 셀 수 없는 날이 있다

무너지고 오르고 아수라장이 되는 날
입이 눈이 되고 눈이 입이 되는 날
그럴 만한 이유가 생기는 날이 있다

누군가를 위해 마지막 순간까지
따뜻하고 아름답고 가득하기를
사랑 그렇게.

하늘나라

믿고 있는 사람만
보이는 곳이라고

늘
말씀하시는 하느님 특히
가난한 마음을 가진 사람에게
손을
내어 주신다고 하였다

남아있는 것은
하나둘 타오르고
마음은 바닥이 났다

마지막
믿을 수 있는 손은

어느새
앞으로 내밀고 있었다

그대 겨울에 눈(※) 내리면

※ 내리면 그대
세상이 느려지고
마음은 빨라질 거야

※ 내리면 그대
눈가의 온도는 내려가고
언어는 따뜻해질 거야

※ 내리면 그대
산타가 선물을 준비하고
오늘 웃음꽃이 피어날 거야

※ 내리면 그대
세상이 밝아지고
새해가 햇살로 다가오겠지.

그대 ※ 내리면
사계절 아무 때나 마음속에
녹아서 흐르고 있다는 것을.

돌아올 수 있을까

어둠은 지평선 너머에서
해를 커튼으로 가리고 있었다

구름은 꿈틀거리며 움직이고
바람이 나무 사이로 넘쳐나고 있었다
어느 해 화로에 고구마를 구워
김치와 함께 먹으며
간절하던 날을 끌어내었다

아내가 담근 김치는 맛을 다시 맛볼 수 없다고
몇 날 며칠을 슬퍼했지만
김치는 먹어야 하고
어쩔 수 없어 다른 김치를 사서 먹었지만
그 맛이 아닌 것을 안 눈물이
혀를 마비시키려
재빨리 흘러내렸다

커튼은 바람에 흔들려
새벽을 불러내고 있었다
검은 극장의 하루 일정은
이렇게 막을 내리며
오늘도 떠다니는 소리가

어둠을 웃게 하여
아침이 빨리 돌아왔다

돌아온 것을 세어보면
당신 모습도 보인다.

이제야 알게 되어

오늘 이른 오후 걷는 길은 길이 아니다

놀라운 일이 다가왔다
늦은 11월 생생한 은행잎들이
하나둘 눈이 되어 내리고 있었다
노랗게 펼쳐진 양탄자 같은 거리
누가 밟으면 어떡하지

두려움 하나 어쩌지 둘
뿌려놓은 아름다운 환희 속에
슬픈 퍼즐 조각으로 살아났다

한 때는 누군가를 위해 살다가
남는 것 하나 없이 이렇게 거리로
쉴 틈 없이 떨리는 온몸으로

선물을 남기고 있는 간절한 시간이
누군가의 하루하루에
축복을 주고 있음을

이제야 알게 되어
사랑할 수 있지 않을까.

당신 생각

오후에 가슴이 답답하여 익숙한 길을 열고
가만히 심장을 열어 보던 날
하루하루를 더해갔다

눈을 감아도 당신 얼굴
눈을 떠도 당신 미소가 내 가슴을 열고
눈에 눈물을 채우고
이내 감당치 못하여 입을 열고
모아두었던 통곡을 한바탕 터트린다

시간은 바람과 같이 되돌아오지 않고
발이 없는 하루가 줄을 세우고

무심코 장롱을 열었을 때
밤에 책을 보려 할 때
누워서 잠이 들려 할 때
이 몸을 끌어내어 흔들었다

내 안과 밖이
당신의 간절함이 하늘과 땅이 되고
당신에게 오늘도 또
들켜버렸다.

오늘의 마침표

오늘 저녁에는 하루의 묻은 것들을 털어버리고
쏟아지는 물줄기에 나 자신을 맡기고
오늘 마주한 하나하나를 되돌아보자.

물방울이 쏜살같이 머리에서 발톱까지
사이사이 끼어들고 흘러 내려가듯이
오늘 다가오고 멈추고
걸어간 것들의 이유를 찾아보고
한가득 고마워하고, 감사해 보자.

오늘도 혹시 슬픔이
울음이
파도를 타고 겹겹이 몰려와
부딪치고 태풍 속에 잠기어
소리가 들리지 못하더라도
오늘 하루를 기뻐하고 즐겁게 사랑하며
행복하고 평화로웠다고 말해보자.

그렇게, 그렇게
오늘 하루 마침표를 찍는
우리의 해맑고, 한없는 웃음이 되어
우리에게 평화를 만들어 보자.

봄 하늘 아래서

조금 더
그보다 더 눈 부신 햇살

그 방울방울 담은
봄마음

봄볕과 아지랑이 불러
새싹에
희망과 사랑 활짝 피우고

봄 사랑
비빔밥 한 그릇 먹어볼까나
그대 하늘 아래서.

봄이다

그날이었어

햇볕이 따갑다고
햇살이 바람을 불렀을 때
꽃잎이 하나둘 얼굴을 내밀 때
마음이 한바탕 솟아오를 때

첫눈처럼
겨울이 깊은 잠 들었을 때
꽃을 향해 하늘을 향해 기도할 때

너를 보면
제멋대로 두근두근할 때

낮에도 밤에도
별이 보고 싶을 때.

다시 찾아온 봄

세상에서 한 사람과 손가락을 끼며
어느새 당신의 신랑이 되었네요

방망이로 손으로 두들기는 듯한 심장은
설레고 두근거리던 지고르네르바이젠의 선율처럼
당신을 기다려 봅니다.

봄비가 기지개를 켜면
활짝 핀 꽃들은 한숨 그리고
다시 한숨으로 되돌리고
오던 길 가던 길 되돌리는
하루로 남아 있습니다.

어쩔 수 없이 컵에
물을 가득 채우고 마시고 더하여
마시고
달아오르는 심장과 이어 나오는 한숨을
잠재우려 해봅니다.

오늘은 꿈나라에서 당신 손을
잡을 수 있을까
기대해 보면서.

그게 사랑인 걸 알았어

아침에 잠을 깨운 날
걸어가는 길에
보여주는 것이 무엇일까 생각했어
늘 바람으로 당겨주는 웃음
그게 사랑인 걸 알았어

어느 날 얼굴이 어찌나 맑아서
손으로 움직일 때
그대로 달려갈까 생각했어
앞이 부시도록 보이던 웃음
그게 사랑인 걸 알았어

하루가 다 저물어 가는 퇴근길
몸이 지쳐 쳐다보지도 못할 때
몸으로 허공에 쓰는 말을 생각했어
힘든 나를 기분 좋게 하던 말
그게 사랑인 걸 알았어.

시간의 껍질

오늘 시간을 잡아당기기 위해
더 강해져야겠다고 생각했다
지면 안 돼, 이겨야 한다
젖 먹던 힘까지 써본다

시간이 흘러갈수록
머리에 점점 채워지는 생각
매일 다른 생각에 보이지 않는 길에도
재촉하는 마음
빙글빙글 회전목마에 걸쳐진 오늘처럼
나를 보고 웃는다

언젠가 공터와 산에 올라
부르던 당신 이름
돌아오는 소리는 부르는 소리 크기만큼
심장을 울린다

시간의 안쪽은 오늘을 보내고
내일의 문을 열어 놓는다

두려워하지 말라며 손을 내민다.

어제와 오늘이 다른 하루

바람은 공기를 밀고
어제와 다른 상처를 어루만진다

구석구석 벌어지고 걸려있는
침묵하는 나무들처럼
숨 쉬며
아무것도 마주하기 어려워
삶을 위한 언어와 말을
거리 곳곳에 버리고
다가오는 세상을 향한
두드림을 그대로 두었습니다

길거리를 따라
빌딩 속에서
소리치며 우는 사람
마주하는 현실을 부정하며
숨죽이며 외치고
절규하는 사람
공포에 언어를 잃어버린 사람

하늘 아래
삶의 경계선을 지우며 공기가 있는 곳

숨 쉴 수 있는 공간이면
어김없이 파고드는 바이러스

잠시라도 편하게 쉴 수 없는
눈을 감고 잠들 수 없는
거미줄처럼 엉켜진 시간 속에

어디로 가고 있는 것일까
포기할 수 없는 햇살을 향해
꿈을 하늘 높이 향해본다

우리 끝까지.

고무나무에 물을 주며

새 식구가 들어 온 지 두 달
화초를 가꾸어 본 적이 없었지

가끔 물을 주면 되겠지 생각했어
밤마다 흙이 마르는 걸 보기 전까지

얼마나 물을 주어야 하는지
얼마나 있다 주어야 하는지
물이 마르면
지금 주어야 하는지

물을 주면서 많이 주면
네가 죽을까 봐
불편한 날이 시작되었어
매일 쳐다보았어
넓고 싱싱한 잎이 웃을 때까지
일주일에 한 번 흠뻑
물을 주어야 하는 것도 알았어
걱정도 불편도 사라졌어

어제는
물 주는 것 잊어버렸어

네가 더 잘 알지
아주 바빴다는 것
저녁 9시에 물을 주어서 다행이야

네가 어떻게 생각하는지
너를 버리지 않을 거야
나를 떠나지 않는다면

푸르른 웃음 보여 준다고 했지
너를 시들지 않게 해 줄게
너를 잊지 않을게.

생각을 지우고

식탁에 앉아 머리부터 가슴을 거쳐
감사의 기도를 올려본다
오늘도 일용할 양식을 주시어 감사합니다

손가락에서 젓가락으로
힘이 전달되어도
밥알은 젓가락에 잡힐 듯 말 듯 몸부림치며
바닥을 물끄러미 쳐다본다

밥을 먹을 때 말은 사라진다
말이 어디로 갔는지
이유를 찾기 위해
말이 생각을 지우고

가만히 앉아
나를 조용히 바라본다.

오늘 사랑을 만나다

우연한 시간 시 속에서
마음을 몰래 가져간 글을 만났다

지나온 세월이 시간이 되고
시간은 얼굴과 목과
손가락의 주름으로 바뀌었고
갇혀 있던 마음의 안과 밖은
슬픔과 눈물로 풍경화를 그렸다.

누구도 매일 조금씩 변해가는
우리 자화상 눈치채지 못하고
하루하루 흘러넘치는 눈물은 저녁이 되었다.

이제 담을 수 없는 것들
모아서 글로 담아 언어로 채우니
시인이 사랑하는 시의 힘이 아닐까.

오늘 하루

아침이 시작되었어
따스한 바람이 찾아왔어
꽃이 피려나 봐
무슨 꽃이 필까
나에겐 어떤 아침이 펼쳐질까

점심에 김밥으로 허기를 채웠어
시간이 생겨서
시를 써보려 했는데
한 줄, 한 단어도 쓰지 못했어
머릿속엔 가득하게
써 놓았는데 말이야

저녁에 집이 어수선해서
청소기로 이곳저곳을 돌리고
답답한 생각도 딸려 들어갔지
깨끗해진 바닥과 천장 사이로
떠다니는 언어를 끌어모았더니
향기가 진한 시 한 편과
제목이 생겼어
오늘 하루라는.

5부

산다는 것

그날을 위해

고운 손 마주 잡고 걷는 걸음
햇살이 비추며 따스하게 다가온다.

우리 스스로 축복과 사랑을 하였기에
누구보다 애틋하고 간절하여
우리를 감싸주고
신뢰와 믿음이 하나라서
마음이 밝은 미소를 띠었고
허락하지 않는 검은 구름과 밀려오는 두려움도
기꺼이 물리치며 함께 건너온 시간

화려한 기쁨을 마주하며 우리 사랑과 감사함에
치솟는 더위와 내려가는 추위를
서로 이겨냈었다는 사실을
다가오는 삶의 장벽들을 뚫고
용기와 힘을 몸에 충전하며
아름다운 우리 나무를
가꾸고 꽃피우며 살아온 시간

대답 없는 당신
사랑과 기쁨이 즐거움을 더하여
무조건 받을 시간

내 옆에 없는 진실은
내게는 삶의 전면전이 돼버린
재앙이란 현실임을

아무 일 없던 것처럼
기억하지 못하는 것처럼

다시 마주치는
그날을 기도하듯 사랑하며
주님께 당신에게 가슴속에
사랑과 기쁨과 즐거움을 더하는 은총을
내 눈물을 받아서
영혼까지 모아 드리니

우리는 아직
같이 있다는 사실을
우리 언제까지
함께 한다는 것임을.

마침내 그렇다네요

밤새 겨울 눈을 녹인 발자국
봄이 온다는 소식에

물이 되고
잎이 되고
꽃이 되어

기다린 봄 햇살 품어
마침내 깊게 찢어지고
숨겨 놓았던 겉옷
훌훌 털어버리고
당신이 고이 간직한 꽃씨 뿌려

어느 날에도 지지 않는
아름다운 꽃 피어오른다.

세상이 다하는 그날까지

오늘 하루도
보고픔에
그리움에

바라만 보아도
금방 물들었다

그대가 나인 듯
내가 그대인 듯
보여도, 보이지 않아도
바로
가까이

세상이 다하는
그날까지.

아내에게 보내는 편지

기중기에 길게 들어 올린 손을 바라본다

너무 내려갔다, 더 올려라
아니 너무 높이 올렸어
다시 그래그래

겨울 3년 동안 잠에서 깨지 않고 기다려서
멍하니 바라만 보며
깊은숨만 줄다리기를 계속한다

당신도 없고 먼지로 코팅한 앨범 속 사진
하루하루 쓰고 아직 보내지 못한 편지
보는 듯 마는 듯하고
방안 천정과 창문
길거리의 강아지가 한방 내게 소리치려고
눈과 얼굴을 노린다

얼마나 흘러갔는지
당신을 마지막으로 마주한 날
깊은 계절로 이어진 기차를

망치로 멈추게 하거나

전기 충격기로 잠시 잊을 수 있는 선물을 주었지

언제까지나 절대로 찾지 못하게 할 수 있다고
개나리 피고 노을이 눈에 싸이고
빙판이 되어 미끄러지고
엉덩이를 다치는 것을 매년 반복하여도

하늘로 자라는 이 삶의 한숨은
눈에 물을 한가득 채워 담으며
당신에게 보낼 주소를 찾고
매일 하루 쓰고 적는다

눈비와 찬바람 맞으며
버티는 공원에 은행나무처럼
나를 당신이 있을 정거장에
오늘은 부디 도착할 수 있기를

눈에 눈물이 차오를 때

텅 비어있는 마음속
문득, 핸드폰 속 사진 한 장이
울컥 폭포로 쏟아지고 있을 때

방 한가운데 바스락거리는 소리에
현관과 창문을 향해 고개를 돌릴 때

인천가족공원 가는 길에
꽃들이 거침없이 안부를 물어올 때

하늘의 눈 부신 햇살의 따스함에도
온기를 느끼지 못하고 떨리는 몸을 느낄 때

번져가는 회색 달빛
반짝이는 무수한 별빛
심장이 감당을 못한다며 흔들릴 때

잠자리를 뒤척이며 벽에 걸린
당신 사진이 말을 걸어 올 때

꿈에서나마 나란히 누운 당신
물장구치는 어린아이처럼

마냥 즐거워 사랑이 끓어오를 때

한 번만, 한 번만 그리움과 뒹굴며 당신
이름을 애타게 부르고 싶을 때

슬픔이 그리움을 누르고 마침내
온몸이 젖어 숨소리로 닦아 내리고 있을 때

아마 오늘도
나무 사이를 지나가는 바람에도
두리번거리고 있을지도.

산다는 것

매일 아침의 창문을 열고
바람이 종이처럼
구겨짐을 느끼며
밤의 대문을 닫는 일이다

밤에는 내일의 햇살을 꿈꾸고
기억 속의 거리에
먼지를 쓸어 버리며
아침부터 꽃길을 만들어 가는 일이다

꽃에 향기가 바람을 풀어 놓으면
계절의 새싹은
담장을 따라서 오르면
사라지는 눈물을 서서히 말리는 일이다

눈물은 하늘에 웅덩이를 파고
가까워지고 멀어지는
펄럭거림의 사연에
서러워서 기뻐서 댐을 방류하는 일이다

보이고 보이지 않는 길에는
오늘 하루 나뭇가지에

아무 바람이 불지 않으며
하루하루가 견디지 못하는
웃음이 흐르는 일이기를.

아무 말도 없이 떠나는 당신에게

하늘이 무너지고 있었다

잘 살아, 잘 살면 되지
너무도 쉬운 말을 남겨 놓았다
사랑을 남겨 놓지 않고 가지고 가려고
하늘의 무게를 나누고자 했을까

왼발을 오른발이 앞서지 못하고 있었다
갑자기 조용해진 온몸의 근육이
움직이지 않았다
사진의 무게도 감당할 수 없어
하나둘 돌이 되었다

시간을 나눈다는 것
불가능을 나눈다는 것
혀를 가르는 짜릿하고 달콤한 맛일 거야
불가능을 나누는 것은
삶을 견딘다는 것
숨 쉬는 공간에서 집안으로
집안에서 집 밖으로
집 밖에서 지구 전체로 넓혀 갈 거야

창에 어둠이 내리면 아침 바람으로 올릴 거야
얼음 같은 북극이 나에게 스르륵 다가오면
하늘에게 태양에 불러올 거야

하늘이 무너지지 않았다는 것
만질 수 없어도 함께 있다는 것

견고해졌던 돌이
움직이기 시작했다
아무 말도 없이 떠나는 당신에게.

당신이 떠난 후에

당신이 떠나기 전에도 숨 쉬는 공기 하나 당신 거였지. 봄에는 돋아나는 새싹들이 꽃을 피우고 나뭇가지에 흔들리는 잎 하나하나 우리의 이야기와 거리 곳곳의 건물과 공원들이 우리의 자유로운 휴식 공간이었어. 언젠가 거리를 걸어갈 때 쇼윈도에 비친 모습을 보고 반가워 손도 흔들어 보고 우리 마음 또한 가득 채워지며 눈앞에 보이는 모든 것이 즐겁고 기쁘고 행복한 시간으로 이어져 나갔었지. 그렇게 마주하는 날들이 행복이 멈추지 않고 깨지지 않기를 간절히 기도 했었지. 당신이 있는 매 순간들이 늘 스치는 피부에 흐르는 향기 하나, 숨소리 하나 소중하고 언제나 바라보는 눈빛에 흐르는 사랑과 행복은 하늘이 준 선물이었어. 당신 얼굴 보고 있을 때면 세상에 어느 것도 필요 없었어.

그렇게 보석 같고 공기 같은 당신이 떠나갔을 때 내 시간 시간과 호흡하는 공기는 사치에 지나지 않았어. 살고 있는 시간은 무의미해졌고 세상은 온통 검은 물이 쏟아져 내리고 빛이 보이지 않는 길을 걷고 또 걸어갔었어. 어느 공간에서나 사람들의 표정을 볼 수도 없었고 사람들이 앞에 있는데도 아무도 보이지 않았어. 그냥, 무서워 가는 곳마다 멈추고 머뭇거리고 집 안에서 밖으로 한 발짝도 내딛고 싶지 않았어.

우연히 어느 카페에 앉아 있을 때 눈앞에 당신이 있어

벌떡 일어나 걸어가 말을 걸었으나 모르는 사람, 부끄러움에 얼굴은 하얗게 변했지만, 심장은 타들어 가며 재만 남기고 있었어.

당신이 떠나던 날 내 삶은 정지 되었어. 낮에는 "왜! 나에게 무엇 때문에!"를 수천 번 반복하며 외치고, 밤에는 잠이 오지 않았어. 아니 잠을 잘 수가 없었어. 그날이 계속 눈앞에 반복되었지. 이런 날들이 더해지고 더해져서 더 이상 더하지 못할 때 화장실과 아무도 없는 들판과 산은 나의 끝없이 터져 나오는 슬픔의 목소리와 눈물을 받아주고 들어주는 친구가 되었지. 그러다 말하고 싶지 않을 때 말을 할 수 없어 입을 닫고, 눈을 감아 버렸지.

당신이 없는 봄과 여름은 슬픔으로 채우고 당신이 좋아하는 가을과 겨울은 그리움과 보고픔으로 담고 또 담았어. 그렇게 당신의 사진을 보면서 약해지지 않게, 지치지 않게, 무너지지 않게, 견디며 걸어가고 있어.

우리 다시 만날 때까지.

어찌할 수 없었어

편지를 꺼냈어
당신 없는 첫 생일날
우리 딸 편지 석 장
글 길을 따라 내려갔어
단어와 문장 사이 비집고 떠오르는 당신
두 눈이 버티지 못했어
눈과 코와 입, 가슴까지
기러기 울음소리

어찌할 수 없었어
우리 가족이 특별해서
어쩌면 당연한 일
울적한 하루가 시작되었어

길을 걷는 부부를 보면
웃고 있는 가족을 보면
내 눈동자에
당신이 가득 차지하고
미안 또 미안해서 어찌할 수 없었어

길을 걸어도
밥을 먹어도

잠을 자려 해도
행복하게 더 못 해주어서
지금 함께 못하는 시간

힘들다 외롭고
우리 딸이 당신 역할까지 하니
미안하고 사랑하고
건강하게
삶이 물처럼 흐르길.

새 선물

선 채로
모든 것 멈추고
싶었던 날

넌 나에게 와서
깨웠지
건반으로 들려주던 음악

그렇게
다시, 살 수 있었어
내 삶은.

내일이 있다, 없다

당신이 없으면
사랑도
내일도

사는 이유가 없으면
해도
달도

먼지처럼

웃을 수 있다면
행복할 수 있다면

지금 멋지게

아침마다 커튼을

하늘은 햇살과 구름과 바람을 낳았다

1판 1쇄 발행 2023년 11월 3일

지은이 박치준

교정 김영범 편집 이새희
마케팅 • 지원 김혜지

펴낸곳 (주)하움출판사 펴낸이 문현광

이메일 haum1000@naver.com 홈페이지 haum.kr
블로그 blog.naver.com/haum1000 인스타 @haum1007

ISBN 979-11-6440-453-7(03810)

* 이 책은 한국예술복지재단 창작디딤돌 사업으로 선정되어 발간합니다 *